시안황금알 시인선 15

푸른 절벽

서 량 시집

시안황금알시인선 15

푸른 절벽

초판인쇄일 | 2007년 09월 21일
초판발행일 | 2007년 09월 29일

지은이 | 서 량
편집인 | 오탁번
펴낸곳 | 도서출판 황금알
펴낸이 | 김영복

주 간 | 김영탁
편집실장 | 조경숙
표지디자인 | 칼라박스
주 소 | 서울시 중구 필동2가 124-11 2F
전 화 | 02)2275-9171
팩 스 | 02)2275-9172
이메일 | tibet21@hanmail.net
홈페이지 | http://goldegg21.com
출판등록 | 2003년 03월 26일(제10-2610호)

ⓒ2007 서량 & Gold Egg Pulishing Company Printed in Korea

값 7,000원

ISBN 978-89-91601-44-4-03810

시안황금알 시인선 15

푸른 절벽

서 량 시집

황금알

시인이 하는 자유로운 생각과 표현의 재미가 이만저만이 아니다.

모국어를 많이 잊어버려서 부끄럽다. 집단의식 속에서 서로를 자극하며 일상을 영위하는 한국 시인들이 부럽다.

나이를 먹으면 먹을수록 시인은 채소나 과일처럼 신선했으면 한다. 모국어의 품 밖에서 나도 신선할 수 있다면.

예술의 첨단을 아슬아슬하게 걸어가는 날라리가 될 수 있다면. 바람 부는 광장에서 흰 와이셔츠에 흰 넥타이를 맨.

2007. 07. 13
서 량

차 례

1부

과격한 언사

스피딩(Speeding)

기온변동쯤이야 어금니 와들와들
부딪치는 혹한쯤이야 얼마든지 견딜 수 있어요

봉긋한 봄밤이면 저조한 기분이라니요

믿음이 절박해서가 아니라고요
믿음이란 이름 모를 꽃처럼 무모하거나
질긴 생명처럼 금방이라 하던데요
창자 속에 환하게 불을 켜고 화끈한
발바닥으로 복도를 서성대는 신경증세보다
더 부질없다던데요

차가운 하늘에서
철부지 구름이 스케이트를 타네요
철부지 아이가 쏜살같이 달리다가
불시에 지지직 비스듬히 급정거를 하자
먼 하늘 뒤쪽으로 얼음가루가 후루룩
흩어지네요 백설기처럼

봉긋한 봄밤에 풀썩이는 새순이라니요

보세요 봄바람에
발칵 자지러지는 민들레 홀씨보다
훨씬 더 재빠른 속도로 구름들이 올망졸망
미끄럼질을 치고 있는 거를요

파티가 끝난 후

도라지 시금치 잡채
갈비찜 이태리 치즈 듬뿍 묻은 음식을
접시에 차곡차곡 주워 담노라면 앞에도 뒤에도
모르는 사람들 뿐 헌데 작년인지
몇 달 전인지 이런 자리에서 분명
만난 사람들 아이구 예 별일 없으시죠 하는
무상한 일월日月을 알고 모름이
반반씩 섞인 채 북적이는 사람들

파티에서 격식과 탈선을 분별한다 당신은

파티가 끝나면 골 난 얼굴로
급히 떠나는 사람들
그러나 짐짓 고개 숙여 반가웠어요
요 담에 또 봐요 하며
반쯤 쓸쓸한 웃음을 웃으면서
술김에 양손으로 내 손을 꼭 잡고
놓아 주지 않는 사람들이 많이 있다

일기예보

숭늉에 둥둥 뜬
누런 누룽지 구름 덮인 지구를
작게 크게 여러 각도로 보여 주며
일기예보 하는 TV 화면의 멀끔한 남자
말이 몹시 빠르다
그가 말을 다급하게 하는 데는
그럴 만한 이유가 있을 것이고
혹시 없다 해도 고만이지만 내가
귀담아 듣거나 말거나
당신이 하는 말은 빠르면 빠를수록
특히 시속 80마일 가까운 속도에서 제일
섹시해
V자로 생긴 기압골들이
해상도 촘촘한 TV 화면에서
엎치락뒤치락하는 동영상 같은 거
누런 누룽지 냄새 비릿한 대기권의
해피엔딩 같은 거

육감

혼자가 아니라는 생각이
혼자라는 생각을 쉽게 압도합니다
산소도 질소도 구름도 수평선도 혼자일 수 없지요
최초의 빅뱅이 혼자였을 것이라 상상했습니다
그게 확실치가 않아요
그런 어려운 사유는 이제 고만 집어치울까 합니다
당신이 빅뱅의 친숙한 쪼가리,
막강한 시초, 나와 더불어
네버 엔딩 스토리라는 육감이 들었습니다
먹물 빛 흑마黑馬처럼 다가닥다가닥
밤이 질주하고 있네요
하늘을 콕콕 찌르는 나뭇가지들 사이에
초롱초롱한 네온 빛 별들 몇이서
마주보며 리듬 맞춰 싱싱한 슬픔에 젖어
얼마 동안 불타 오르는지 나로서는 알 수 없지만
저들이 끝내 혼자가 아니라는 육감이
혼자라는 생각을 강하게 압도합니다

아스팔트 위의 새

등이 거무칙칙하고 앞가슴이 불그스레하면서 부리부터
꼬리까지 한 뼘이 훨씬 넘는 이상한 새 한 마리가 차고 앞
아스팔트 위를 종종걸음으로 뛰어간다 마치도 아스팔트의
일부분이 움직이는 것처럼 보인다

눈에 보이는 새와
보이지 않는 새와
금세 가슴 설레는 새와
기억 속에 사라진 새와
내가 도통 감지할 수 없는 새와
나와 전혀 무관한 새와의 슬픔을 생각한다

전에 본 적도 없고 앞으로 다시 볼 수 없을 것 같은 그 신
기한 새는 다섯 걸음인가를 바삐 걸어가서 잠깐 주춤한 후
에 시커먼 아스팔트 바닥을 한 번 가볍게 콕 찍더니 용수철
처럼 튀어 오른다 다시 서너 번을

과격한 언사

정원에 돌덩어리들이 뒹굴고 있다
맑은 날이면 노랗게 뵈는 돌덩어리들
돌덩어리 입술들이 정맥 빛으로 내 위에 쌓인다
차곡차곡 혹은 느슨하게

하고 싶은 말을 다 하세요
언중유골, 등허리 딱딱한 힘살에
아픈 진실의 가시가 박히는 장면입니다
과격한 언사를 쓰세요 괜찮아요
차분한 말일랑 귀에 들어오지 않습니다
진화는 돌연변이에서 온다 했잖아요

돌덩어리들이 슬금슬금 난동을 친다
푸르른 대기의 유동으로 하늘이
낮게 가라앉는 날
정원의 색상色相을 이기지 못해
제풀에 질린 입술들이
왁자하게 눕는다

팰리세이즈 파크웨이의 사슴들

밤새 천둥 번개 비바람으로 새벽잠 설친 아침에 한국 웨
브사이트를 기웃거리다가 늦어진 출근길 팰리세이즈 파크
웨이를 시속 55마일 지점을 시속 75마일로 달린다

베어 마운틴 가까이 2차선 가파른 곳 좀 못 미친 길섶에
서 사람으로 치면 한 열 살 안팎, 불그스름한 피부에 아침
햇살이 어른거리는 사슴 두 마리 귀를 쫑긋 세우고 차도를
횡단하려다가 내가 빵! 하고 경적을 울리니까 슬금슬금 뒷
걸음질을 친다

수압 水壓

유황이 슬금슬금
꽃으로 피어나는 바다 밑
아무리 괴롭다 하소연해도
들은 척 만 척하는 구정물 속으로
말미잘이며 짚신벌레며 산호 부스러기가
마음 약한 영혼처럼 부유한다
이빨이 날카로운
망치머리상어가
비틀비틀 꼬리춤을 추면서
나를 통째로 잡아 먹는 실루엣을 본다
꾸루룩꾸루룩 푸른 물방울이 승천하고 있다
육중한 중력의 얼굴
보이지 않는 얼굴을
연거푸 덮치면서
물살이 휘몰아치는
잘 압축된 격정 말고 다른 것들일랑
거들떠보지도 않는 바다 밑

빨간 눈

눈동자 깊은 곳에
숨어 있는 불씨다
지난밤 승냥이 번쩍! 하는 눈에서
내 이마께로 날아온 화살처럼
당신이 내 디지털 카메라
캄캄한 볼록렌즈를 향해 쏘아댄
직사광선 한 다발이다
늦가을 열매로 빨갛게 익어 달아올랐으나
아무도 눈을 주지 않는 심층심리
눈에 핏발이 잔뜩 선 드라큘라 백작이
영혼이 보이지 않는 청동거울 앞에 서서
입을 열어 양 송곳니를 드러내 듯
벌거벗은 해부도에서 울컥
터지는 본능이다

비바람 쏟아지고

마음을 누그러뜨리고
눈을 감으면 지구 덩어리가
세차게 회전하는 소리
들린다 씽씽한 천상의 기류가
어쩔 줄 몰라 하는 밤에
물방울 물줄기 물기둥이 줄줄이
올챙이 동작으로
긴 꼬리를 흔든다

좋아라 날렵하고 매끌매끌한 올챙이의 감촉

나도 당신도 지구를 애써 감싸는 바람도
도저히 개구리 운명을 기억하지 못하는 올챙이들이었다
하늘에서 질질 물방울이 떨어진다
벌거벗은 나무들이 얼굴을 가린다
추워라 공포를 몰고 오는 바람이 수직으로 쏟아지는
누구도 아무도 함부로 사랑하지 못하는 이 밤에

부서지는 것들

부서진다
내가 신임하는 비서도
이리저리 마음이 안 놓이는 대학동창도
나와 띠 동갑 닭띠, 발걸음이 느리신 것 말고
건강 어디 하나 나무랄 데 없으신
분당 동생 집 5분 안팎에 사시는 아버지도
내가 제대로 파악하지 못한
지난 금요일 아침 환자도 나도
부서진다 기어이 다 부서진다
좋은 시도 나쁜 시도 잘 쓴 시도 못 쓴 시도
시 같은 시도 시 같지 않은 시도 모조리 부서진다
아직 부서지지 않은 시도 좀 있으면 부서진다
내가 도통 싫어하는 사람도 좀 괜찮아 하는 사람도
부서진다 한결같이 부서진다 그렇지만
눈 흰자위 백옥처럼 푸르스름한 당신만은
하늘이 두 조각이 나더라도 예외로
삼겠으니 그리 아시도록

병아리를 위한 묵상

포슬한 병아리 한 마리
내 서재를 종종걸음으로 뛰어다닌다
늦은 새벽까지 꼬물꼬물 잠 못 이루는 병아리

유전인자의 비밀은 또 어떤가
병아리의 영혼 속에 내 혼도 묻혀 있다던데

눈매 나른한 병아리가 고개를 옆으로 돌리는 동안
대기가 부르르 진동해요
우렁찬 우주의 날갯짓 소리 들려요

내 깔깔한 편도선 근처에서
맨드라미빛 코피를 흘리는 병아리
푸득푸득 새벽을 벗어나는 병아리
포슬하다는 이유 하나만으로
이젠 더 이상 포슬하지 않은 병아리래요

유전인자의 변천을 기록할 수 있겠는가
병아리가 공룡으로 변하는 순간을 포착할 수도?

이런 치열한 병아리일랑
울긋불긋한 유화油畵로 처리해야겠다
화폭에 털끝만치의 여백도
남기지 않는 병아리
엄청난 비바람 속을 뛰어가는 병아리

밤에 피는 꽃

세상 모든 꽃들이 기억으로 남는 절차가 떠오른다. 꽃이 누가 보거나 말거나 악착같이 독존하는 붙박이 코닥컬러 사진일 수는 없지 않은가. 꽃은 보는 것과 보이는 것들의 노예인 우리가 잡고 늘어지는 현존의 복사체. 보고 싶다, 보고 싶다, 하며 당신이 주문처럼 뇌까리는 꽃의 복사체는 죽었다 깨어나도 실존이 아니야. 미안하다.

실존은 기억 속에서만 살아난다. 소중한 순간순간들, 부질없는 역사를 소리 없이 기록하는 꽃이 내 전부일 것이다. 꽃은 추억의 블랙홀 속으로 완전히 흡인돼 버렸어. 저 아프도록 아슬아슬한 장면장면들.

밤에 피는 꽃은 생각지도 않던 어린 시절 불알친구와 꿈에 나누는 대화다. 반세기 전쯤에 야, 이놈아! 하던 친구 모습이 떠오르네. 밤에 피는 꽃은 한 순간 찌르르 당신 코 밑으로 부서지는 향기가 아니야. 밤에 피는 꽃은 망각 속에서 후르르 돌아가는 영상이다. 끝내는 약속처럼 잊혀지는 몸짓이다.

꽃 한 송이가 비단이불을 턱까지 덮고 죽은 듯 편안하게 누워 있네. 잠깐 숨을 몰아 쉬면서 오른쪽 팔을 좀 움직였을까? 지난밤 머리를 두었던 곳에 발이 두 개 놓여 있고 발바닥을 대담하게 수직으로 세웠던 자리에 커다란 머리가 옆으로 얹힌 아침이 밝아오네. 간밤에 어디 바람이 심하게 부는 세상을 쏘다니다 왔구나! 머리가 쑥밭이 된 낯익은 얼굴.

바람의 얼굴

당신은 바삐 떠나는
발자국 소리에 지나지 않아
그 기척에 나, 귀가 솔깃해지지만
속 마음을 알았으면 하는 욕심에
심장이 쿵쾅대지만

당신 영혼을 파헤치고 싶은데
갸름한 얼굴을 만지고 싶은데
제스처 만이라도, 제스처 만으로라도

참나무 한 그루가
바람을 꽉 부둥켜 안고 있네
검푸른 잎새, 잎새들 뒤쪽에서
무명無明의 마스크로 얼굴을 가리고
열렬히 분탕질하는 풀잎, 풀잎, 풀잎들을
내려다보는 저 게슴츠레한 눈, 눈, 눈

마중물

나 어제 그런 생각을 했어
보는 것이 믿는 것이라지만
그건 겉으로만 그렇다는 거
머나먼 밤하늘 별무리를
그렇게 노려본들 그게
무슨 소용이니 대답해 봐 진짜
정말로 진솔한 건 만지는 거 나 당신을
마음 놓고 만지기 위해 당신을 마중 나간다
물과 물이 시선과 시선처럼 섞일 바에야 나
지금도 그 생각에는 변함이 없어 더 이상
습기가 완전히 가시고 없는 앞마당
펌프 주둥아리에 마중물을 부어
물과 물이 맞닿으면 합세하여 생겨나는
천연수의 촉감
비 펑펑 쏟아지는 날 같은 때
내가 당신을 마중 나갈 의도가 없다면
나 진짜 별 볼일 없는 사람이라는 거
어제 새삼 그런 생각을 했어

밤바람

밖에서 부는 바람이
훈훈해, 안은 차가워요
괴이한 짐승 소리 들립니다
한참을 꺼이꺼이 울부짖던
세상이 별안간 잠잠해졌어요
소나기가 뚝 그쳤을 때처럼
원숭이 같기도 늑대 같기도 무식하고
무자비한 짐승, 구슬픈 짐승,
오밤중 내 의식 속으로
부리나케 뛰어드는 충동, 이건
철부지로 낑낑대는 강아지의 충격입니다
살려 주세요
터무니 없는 꿈결에서 나를 꺼내 주세요
유유히 포기할 수 있는 생명이 행복이라지만
이렇게 애쓰고 있잖아요 나
내 눈에 띄지 않는 컴컴한 공간으로
종적을 감추는 짐승
저 짐승의 희미한 노래 소리
들리나요

도어납(Doorknob)*

등뼈가 고집으로 꽉 차 있다
직립자세로 먼데를 바라보다가
생각이라도 난 듯 코 앞에 지렁이
콕콕 쪼아 먹고
총총 뛰어가는 파랑새
미끈한 등뼈를 보라니까
완전 고집 투성이야

대문을 밀고 단정하게 들어서는 파랑새

문이 감당하는 엄청난 중력이 골고루 잘
분포가 되지 않아서
급기야 문이 한쪽으로 치우쳐서
돌쩌귀가 느슨하게 벌어져 있다 해도
한 쪽을 영차! 하고 들어올려 문의 아귀를
그때그때 잘 맞추면 돼, 괜찮아

심장이 콩콩 뛰는 파랑새

당신이 하루에도 몇 번이고
밀었다 끌었다 하는
도어납, 고르게 숨을 쉬면서
쉴새 없이
달가닥거리는 도어납

* 문 손잡이

나무 오리 두 마리

한 마리는 왼쪽 눈 가장자리에
색깔이 벗겨진 채 나무 오리 두 마리
아까부터 한군데를 뚫어지게 보고 있네
바람 한 점 일지 않는 실내
차가운 유리 칵테일 테이블 위에
납죽 전신을 수그리고
불그레한 저녁노을이 날갯죽지 파고들어
부르르 진저리를 치는 나무 오리 두 마리
맨눈으로는 보이지 않는 물살을
낭창낭창 휘젓는 물갈퀴 동작으로
동그라미 파문이 이네 물결이 철썩이네
금이 죽죽 간 이마에
천둥 찌꺼기 말라붙어 있고
번개가 주고 간 생채기들이 다 아물지 않은 채
비지땀 질질 흘리는 나무 오리 두 마리
꽁무니를 가지런히 같은 쪽을 향하고서
입때껏 한군데만 정신 없이 바라보고 있네

겨울은 녹지 않는다

찬 바람 서늘한 산등성이를 차를
몰고 넘어간다
삶에 브레이크를 걸지 않아도 좋은
후미진 길섶에 눈더미, 눈더미들이
무덤처럼 나란히 누워 있다
윈드쉴드를 벌거벗은 나무들이
스쳐간다 스쳐갈 뿐더러 힐끗힐끗
내쪽으로 시선을 던지며 몸을 뒤집는다
별안간 산허리가 일그러지면서
내 의도를 짓누르는데, 짓누르는데
겨울새 몇 마리 구름 속을 파고든다
차체가 옆으로 기우뚱하자
내 가치관도 한쪽으로 치우친다 왼쪽으로
산비탈이 든든하고 오른쪽은
막막한 낭떠러지
얼마 전 내렸던 눈이
전혀 녹을 마음이 없이 생존을 고집한다
상흔처럼, 굳은살처럼

가벼운 접촉사고

운명 같은 것이 교차로에서
진작부터 기다리고 있었다네
솜털 구름 아래로
매운 하늘 쪼가리가
어깨를 수그리고 얼굴을 가린 채
울지도 웃지도 않으면서
쿡, 부딪히는 순간이었네
업보처럼 업보처럼 움직이는 것들끼리 스치듯 닿는
가벼운 충격!
아뿔싸, 하는 순간
그건 서로를 완전히 포기하는 힘이었네
몸을 떨며 몸을 떨며
불량한 눈빛으로 사방을 흘겨보는
멋진 귀신들의 행렬이 지나가는 동안
칼바람이 길섶 나무 허리를 왁왁 도려내는
기쁘지도 밉지도 않은
한겨울 복판이었다네

2부

작살을 던지다

우유와 조개수프

레스트랑에서 조개수프를 시켜 먹었다
우유와 조개 비린내가 섞인 냄새
육이오사변 좀 지나 몇 번
따끈한 우유에 밥 말아먹던 기억을 삼켰다
초등학교 때 어느날 방과 후
친구와 학교 창고에 몰래 들어가
드럼통에 가득한 급식용 가루우유를
숨이 막히게 콜록이며 퍼먹고
그날 저녁 토사광란이 일어났다
시원한 장마비 같은 설사를 하고 다음날도 아팠다
병원에 끌려가 우유빛 가운을 입은 의사에게
전날 가루우유 훔쳐 먹었다는 말일랑
절대로 안 했다
조개처럼 할딱거리는 양심에
흑진주 같은 비밀 하나 속 깊이 파묻었다
지금도 우유와 육이오 비린내가 섞인 냄새가
몸에 잔뜩 밴 입맛일랑
끝내 지울 수 없다는 생각이
두드러기처럼 두드러진다

새벽 냄새

새벽에서
꽃 냄새가 난다
이상한 꽃

오후쯤에야
겨우 사라질까
말까 하는 뭇별 냄새
내쪽으로 오고 싶어 안달하는
은하수 냄새

얼추
회색인가 싶었는데
잠시 딴 생각을 하는 사이에
내 대뇌피질을 툭툭 건드리는
빨갛고 파랗고 노랗고 초록색
숱하게 알록달록한
한참 전 음력설에 당신이 입었던
영락없는 색동저고리 냄새

추임새 넣기

마당굿이 저만치에서 벌어지는 밤입니다
지구가 세차게 회전하는 동안
북을 때리며 좋지 으이 얼씨구 소리치며
마당 한참 깊은 곳 멍석 위에서
엉덩이를 들썩들썩 하다가
철버덕 자리 잡고 주저앉는 보름달입니다
으~ 으~ 쿵더덕 쿵덕 으~ 으~
지구가 태양을 중뿔나게
공전하는 소리 또한 아득하고
보름달이 서슴없이 맺고 푸는 장단이
툭! 툭! 불거지는 밤입니다
사람과 사람이 서로 얽히는 판소리 스토리는
있으나 마나 그런 건 알고 싶지도 않아요
밤바람이 고단한 구경꾼들 뺨을 순번대로
찰싹찰싹 때리면서 숨가쁜 비트로
북채와 손바닥이 인과응보의 먼지를 일으키는
지구가 저만치에서 펄펄 뛰는 밤입니다

북어채와 아메리칸 치즈

영어를 제대로 하기도 전에 구렁이 담 넘어가듯 유연하
게 어깨와 겨드랑이를 꿈틀거리는 제스처부터 배웠다 그러
면 미국구렁이가 되는 줄로 알았는데 수시로 높은 담 앞에
서 한국구렁이 턱없이 절망하는 거야 때로는 스펠링이 머
리 속에 떠올라서야 주춤했던 몸뚱이 민망하지 않게 내 딴
에는 그럴싸하게 미국을 기어올랐는데 갯솜처럼 푸석푸석
한 북어채를 안주 삼아 어느날 자정 가까이 독주를 마시다
말고 비로소 알아차렸다 뽀얗게 깊은 밤 입안에서 살살 녹
는 아메리칸 치즈를 젖혀두고 굳이 북어채를 원하는 내 혓
바닥이 영어 밑바닥에 으지직 뭉개지는 낌새를

푸른 절벽

고개 흔들며
안 가겠다 했네
바람 부는 푸른 절벽에
내심 너무나 가고 싶었는데
여린 사랑이 튼튼한 사랑으로
조금씩 조금씩 숙성하는 이치로
머리 속에 검푸른 파도 심하게 출렁이고
나 깊은 산 돌덩이가 되었네

가파른 산길 발길 가는대로 가자면
온전치 못하리라는 속셈으로
고개 절레절레 흔들며 안 가겠다 했네
미친 바람이 심하게 부는 절벽에서
나 타고난 균형감각을 믿어도 좋을까 하다가
다음 기회에 푸른 절벽에 다시 가면
전혀 겁나지 않을 거라는
느낌이 났네

작살을 던지다

문신이 전신을 덮은 선원의 몸도 바다였다
꿈틀대는 바다와 진작부터 내통해 온 작살꾼
목수에게 관을 짜달라 부탁한 후
죽음을 예행연습하는 사내
꿈의 이쪽과 저쪽을 단번에 관통할 듯
날카로운 금속을 옆구리에 끼고 섰다
목수는 바다를 켜서 관을 짜기 시작한다 땅 따당
망치에 두들겨 맞을 때마다 길길이 날뛰는 바다
작살꾼의 영혼도 무한정 높이 뛰어오른다
―― 우리가 모비딕을 사냥해서 죽이지 않는다면
신이시여 우리 모두를 사냥하소서*
핏발선 그의 눈이 흰 고래를 쫓고 있다
비명처럼 날카로운 작살이 무수히 튕겨지고
마침내 모비딕은 세상에서 가장 튼튼한
밧줄 하나를 허락한다
금세 물길 속으로 곤두박질치는 사내
한없이 따스한 바다가 그를 끌고 멀어진다
당신과 나를 끌고 사라진다

* God hunt us all, if we do not hunt Moby Dick to his death. – 허만
  멜빌(1819-1891)의 소설, 『모비딕』(백경)의 한 구절

왕파리의 오후

어제 오후에 잠깐
현관 앞 새로 사온 화분을 데크로 옮기려고
현관문을 활짝 열었지
시원한 바깥 바람 집안으로 쑥 들어오고
나는 콧노래를 부르면서 화분을 옮긴다
그때 내 새끼손톱만치 큰 왕파리가 엥~ 하며
날 따라오는 거야
강원도 화천 비무장지대 수색중대 토굴
바로 옆으로 잠입하려다가 덜컥 체포 당한
간첩처럼, 간첩처럼 거무죽죽한
왕파리 날개가 비단처럼 반짝였어
그놈은 그놈대로 나를 죽이겠다고 덤벼들고
나는 나대로 내 성질을 이기지 못해서
인생을 박살내듯 고래고래 고함치며 같이 싸우던
내 분열증 환자 같은 왕파리가
내가 살 길은 이 길 밖에 없어! 하면서
글쎄 현관으로 들어와 곧바로 부엌으로 가서
냉장고 문에 떠~억 붙어서
찬란한 무지개 빛 날개를 부르르 떠는 거야

막내 삼촌, 내가 열한 살 때
나도 어른이 되면 저렇게 폼나게 깡을 부려야지
하던, 내 깡패 막내 삼촌이 성질이 나서
주먹을 부르르 떨듯

연어의 낭만을 묵살하다

연어의 행동에는 연어 자신도 모르는 바닥에 깔린 비밀이 있대요 연어들은 지구 속 어마어마하게 큰 자석의 힘에 말려들어서 평생을 질질 끌려 다닌다는 소문이 있습니다 그 신기한 힘이 또 지구와 달 사이에도 빽빽하대요 연어들이 우주의 물살을 거슬러 올라가 아늑한 고향에 돌아가 떼죽음을 당하는 데는 무슨 정치적인 요소도 있대나 봐요

연어의 행동과는 상관 없이 연어는 참 맛있는 생선이라고 연어 연구 학자들이 입을 모았다고 합니다 소금구이 연어가 연어 맛 뿐만 아니라 지구 속 어마어마하게 큰 자석의 힘을 우리 몸에 흡수시킨다는 학설이 나왔대나 봐요 소금구이 연어에 고추장을 발라 먹으면 맛도 더 좋고 몸에 자력을 키우는 데도 더 많은 효능이 있다는 티비광고도 봤습니다 연어 먹는 서늘한 사람들끼리 몸이 지남철처럼 서로서로 철컥철컥 붙는대요 과학적인 근거가 전혀 없는 낭설이라 해도 할 수 없어요

여우비 내리는 날

여우비가 내렸다
짙은 안개가 경마장 함성처럼 질주하면서
내 차를 스치면서 험준한 계곡을 빠지면서

여우비가 쏟아지는 거 앞서거니 뒤서거니 파크웨이를 달
리는 용모 어슷비슷한 승용차들이 제각각 무슨 굉장한 철
학서적을 읽고 있었는지 나로서는 도저히 알 길이 없어요
앞차가 깜박이를 켜네 나도 깜박이를 켰지 분명한 이유가
없었어

여우와 호랑이는 그렇게
비 내리는 날 시집 장가를 갔다
청명한 날이면 날마다 그냥 누워 잠만 쿨쿨 자는
종족보존 본능이라니
여우비를 맞으며 나는 슬며시 사라지고
얼굴이 대충 당신을 닮은 내 종족이 살아 남으리라는
생각이 솟았다 불쑥

빗소리

비 죽죽 내리는 밤
양철지붕 위 빗방울 소리는
지징! 하는 무반주 첼로독주다
세숫대야에 펌프물을
바가지로 떠서 붓는
철벅! 하는 결단력이다
빗줄기가 다정한 손길로
패배자의 등을 토닥거린다
간혹 그의 부화를 돋구는
주책없는 말도 한다

구멍 난 천장 아래
다라이를 받쳐 놓으면
처음에 텅! 텅! 소리 내며
부딪치는 빗방울 몇 방울이
을지로 6가 당구장 옆 골목
대학시절 친구 집 추억이다
그 친구가 카톨릭 신부가 되겠다고
갑자기 학교를 관두기 몇 달 전

하루는 나와 시험공부를 같이 하다가
슬쩍 책을 엎어 놓고 담배만 푹푹 피우며
철딱서니 없는 계집애들 얘기를 하며
밤새 귀담아 듣던 바로 그 빗소리다

배밀이하는 정선이

정선이가 갓난아기 때 기저귀에 달콤한 똥을 싸던 시절에 양지 바른 앞마당 강아지 새끼처럼 방바닥을 기어 다니다가 뭐든 손에 닿기만 하면 대뜸 입으로 가져 가던 기억이 난다 지금은 쇼팽 피아노곡 강아지 왈츠를 근사하게 탄주하는 정선이 손가락 신경조직이 전혀 미개발 상태 때 걔가 엄지와 검지만 사용하는 세련된 동작을 못하고 무엇이건 일단 손바닥으로 머리 나쁜 사람 따귀 때리듯 철석 때린 다음 손아귀를 얼추 오므려 물체를 움켜쥐고 진작부터 입을 크게 벌리던 시기

오늘 영어를 하다가 갑자기 무슨 말이 안 나오니까 나도 정선이처럼 미리 입을 크게 벌리더라 히히 말간 무국에서 건진 네모 반듯한 무 쪼가리를 어머니가 냄비 뚜껑을 뒤집어 놓고 그 위에 몇 개 얹어 두면 그걸 정선이가 손바닥으로 움켜쥘 때마다 기우뚱 돌아가던 그 양은냄비 소리가 덜그럭덜그럭 들렸다 나와 다섯 살 터울 정선이가 배밀이하면서 멸치국물 흥건히 밴 무 쪼가리를 간신이 입에 넣는 소리가 들렸다 말을 한다는 게 뭘 먹는 거와 크게 다르지 않다는 생각을 하는 동안 내 영어가 엉망진창이 되더라

바짝 짧게 깎은 머리

뉴저지 단골 한국 이발소에 가서
이번에는 바짝 짧게 깎아 달라고
유쾌하게 부탁하고 머리가 짧아질 수록
조금씩 변모하는 내 얼굴을 지켜봤다
오래 외면하며 지낸 얼굴
어머니 살아 생전의 모습
가끔 언짢아 하시던 어머니가
별 수식어도 아무런 전제조건도 없이 물끄러미
거울 속에서 나를 바라보신다
평생을 뜨겁게 사시고
불 속으로 홀연히 사라지신 어머니 눈길
나 또한 가끔 언짢은 표정으로
뜨거운 세상을 누빌 것이다
집에 돌아오는 길에 한참 참았던 굵은 빗방울이
후두둑 떨어지며 차가 비틀거렸다
운전석 창문을 확 열었더니
사나운 빗줄기가 뺨을 때렸다

누워 있는 바다

몸을 거진 옆으로 하다시피
게으른 자세로
누워 있는 바다를 바라본다
바다를 바라보는 나 또한
게으른 생각이 든다
저리도 쉴새 없이 출렁이는
물결 몸놀림이
참 무모한 짓이라는 느낌
아까부터
물색없이 안달하는 파도도
파도를 점잖게
내려다 보는 하늘도
썰물이 스치고 간 갯벌에서
바위 틈으로 돌진하는
바닷게의 재빠른 다리동작도
온통 물살에 가려서 보이지 않는다
이 여름이 다하도록

바다, 붙잡히다

바다를 처음 본 순간
혀가 간질간질하고
목이 아리도록 짰다

서로를 마주하는 짓이
서로를 익히는 짓이다

바다는 익을 대로 익었다, 익어서
홍시처럼 말랑거린다
이것 봐, 금방 터질 것 같잖아

바다가 내 서재 벽에
푸르스름한 혼魂으로 걸려 있다
반듯한 사각형 바다 한 복판으로
나 이제 성큼 들어선다

세찬 파도가 내 등허리를 철버덕 휘감는다

멸치젓의 추억

흰 고무신이 더럽다면서 검정 고무신은 왜 그리도 무서 웠는지요 전설의 고향에 나오는 몸매 좋고 혈색 나쁜 여자 들이 절벽에서 몸을 날릴 때 음습한 바람 부는 낭떠러지 풀 밭 위에 가지런히 벗어 놓은 고무신이 흰색인지 검정색인 지 참 궁금했지요 혹시 수정처럼 고운 옥색이었나요 찬바 람이 맨허리 옆구리 생살을 파고드는 김장 때 다라이에 수 북한 배추포기에 바람난 열 아홉 살짜리 이모가 저미던 멸 치젓은 또 어떻구요 새콤짭짤한 멸치젓 맛 때문에 검정 고 무줄이 느슨해지면 이모가 팔꿈치로 몸뻬를 간간 위로 끌 어 올렸잖아요 불량품 검정 고무줄이 내가 잠깐 딴생각을 하는 사이에 밑도끝도 없이 그날 뚝 끊어졌잖아요

닭과 개

닭쫓던 개 지붕 쳐다보는 식이지 닭과 개는 워낙 무진장 가까운 사이라 절대로 서로 잡아먹는 법 없이 껑중껑중 덤벼들고 퍼덕퍼덕 깃털 몇 개 마당에 떨어지고 말지 그러나 개가 너무 흥분해서 닭을 자꾸 못살게 구니까 닭이 지붕 위로 확 날라가 버린 거지

닭이 철새가 아닌 게 얼마나 다행이니 으스스한 늦가을에 닭이 따뜻한 다른 나라로 떠날 채비를 차린다고 짐을 싸고 비행기표를 끊고 하는 걸 상상해 봐 그러면 개는 어쩌란 말이지 눈물 뚝뚝 흘리면서 애걸복걸한다고 되는 일도 아니잖아 자기 키 높이만큼만 껑중껑중 뛰어오르는 데서 그치는 놈 저 혼자 즐거워서 앞마당에 닭 깃털을 수북하게 뜯어 놓은 놈

닭을 봐봐 눈을 보면 핏발이 선 것도 아닌데 잔뜩 골이 나 있는 저 닭을 좀 봐봐 개가 재미없어 하면서 뒷마당 쪽으로 어슬렁어슬렁 가니까 닭이 냉큼 푸드득 땅으로 내려오잖아 심심해 하니까 너무 심심해서 또다시 개하고 놀고 싶어서 어디 가 이리 와 하면서

"

그 해

그 겨울에는 유독 잠을 많이 잤다
추운 마루방에 놓여 있는 사과 궤짝 속에
손을 넣어 휘저어 봐도 끝내
왕겨만 잡히고 열 살도 채 안된 내 희열의
사과는 잡히지 않았다 사과는 까칠한 겨 속에서
동상 걸린 손가락을
호호 불며 숨어 있다가
큭큭 웃으며
뒤돌아서는 내게 달려왔다
그랬어? 하며 호들갑도 떨고 순 건성으로
응, 하기도 했다 나도 빨리 열 살 스무 살이 돼서
아침마다 혀로 뺨을 옆으로 밀어내며
사각사각 면도질을 했으면 했는데, 아버지처럼
명절날 아침에 닭 모가지를 지긋이 비틀면
어머니가 닭을 통째로 팔팔 끓는 물에 데쳐
새빨간 버슬을 도려낸 후
열 살도 채 안된 내 비애의 깃털을 뽑는 장면을
지켜보는, 나도 아버지처럼 서른 중반이
됐으면 했는데 어서어서

굴

　굴을 지나는 동안 아무런 생각도 하지 못한다 나를 움직
이는 건 헐떡이는 심장 내 바퀴가 철로의 이음새를 철커덩
쿵탕 철커덩 쿵탕 건너는 소리 굴을 지나는 동안에 당신에
의 기억마저 사라진다 손을 뻗치면 물컹한 세포들이 끌탕
하는 냉습한 굴 벽에 희뿌연 아침햇살이 내려앉는다 암흑
을 뚫고 암흑을 뚫고 맨날 어디론지 나를 데려가는 기관차
어디를 가건 아무 상관 없는 석탄냄새 매캐한 내 몸

겨울 목소리

얼마 전의 당신 목소리가
내 귓밥에 묻어 있다
가시지 않는 향기처럼

얼마 전 당신 웃음이
내 혈액에 돌고 있다
대뇌 쪽으로 가는 혈관 속에서
자유분방하게 돌아다닌다

당신 귀에 입을 대고*
당신 입은 목에 대고*
당신 머리칼을 손가락 사이로
조심스레 헤아리며
말도 안 되는 말이라도 하고 싶다
후회 해도 좋다는 말도 하고 싶다
이렇게 화창한 겨울 아침에

* 마종기 「겨울약속」에서

간장에 비친 얼굴

날 맑은 가을날 장독대에 올라가 간장항아리에 얼굴을 집어넣으면 새까만 간장거울 속에 눈 흰자위가 분명치 않은 커다란 얼굴 열 살 짜리 얼굴 내 얼굴이 아닌 얼굴이 보인다 머리를 빼고 다시 보면 매운 고추와 숯덩어리 몇 개 무작정 둥둥 떠 있는 간장항아리 속 간장거울 뒤쪽으로 은박지 하늘이 흔들린다

내 얼굴도 세모 네모 마름모꼴 사다리꼴로 일그러진다 크레용으로 그린 그림 유년기 도화지 속 도깨비 얼굴 골이 난 이마에 뿔이 크게 두개 솟아 있다 구름 한 점 없이 맑은 가을날 간장항아리 안에서 끈질기게 파도가 친다 나는 눈을 똑바로 뜨고 파도의 얼굴을 올려다본다 끝이 안쪽으로 하얗게 말리는 어떤 파도는 나보다 훨씬 키가 크다

3부

■ 시인의 얼굴과 육필

밤의 종말

서 량

새벽 수증기로 사라지는
이슬의 숙면을 노래하면서
머리를 조아리는 밤
시력이 침침해지고
청각이 점점 맑아지면서
에헤야 은하수 뱃노래
육직한 첼로 독주와
쿵쾅대는 엄마 심장 뛰는 소리에
다소곳이 귀 기울이는 자궁 속
눈이 생선 같은 태아의

평화를 위하여
먹물 같은 하늘에 몸을 맡기고
베토벤 9번 심포니에서
성미 급한 바리톤이 벌컥
소리치는 밤

4부

교태

서머타임 쓰러지다

성미 괄괄한 여름 하늘을
뭉게구름이 떠나지 못한다
조개구름들이 판을 치던 기미가
남아 있다 진하게 아직도
흔적이란 뚜렷한 미련 혹은 옹고집 풍만한
가을이 제대로 가을답던 가을이
뉘엿뉘엿 기우는 10월 말

시계바늘을 뒤로 돌리면
시간이 툭 부러진다 대퇴골 골절이지 시간은
송편 같은 눈 흰자위를 드러내고 쓰러진다
두개골을 추상에 박으면서
음~ 음~ 신음한다
시계바늘이 거꾸로 돈다
뺨이 푹 패인 혼령들이 일제히
구령에 맞춰
머리대고물구나무서기를 한 후에야
서머타임이 사라진다

교태

비에 젖은 단풍잎 색
빨간 잇몸을 보이며 그녀의
편안한 입 꼬리가 올라간다
포스트모더니즘이 어떤
방향으로 갈 것인가요
그녀는 허전한 백색 무명
냅킨으로 입 언저리를 훔친다
하고 싶은 말과 안 하고 싶은 말이
먼 천둥처럼 부딪치는 순간
몸에 꼭 끼는 윗도리를 입은 웨이터의 말이
빗방울처럼 물음표처럼 삼지창처럼
테이블에 꽂힌다
뭐 더 필요한 거 없으십니까
해체는 구성을 위한 과정이에요
갓 찐 홍당무 같은 혀가 그때
그토록 단단하게 굳어지면서
그녀가 눈으로만 하는 말을
그 누구도 알아 듣지 못한다

밤의 종말

새벽 수증기로 사라지는
이슬의 숙명을 노래하면서
머리를 조아리는 밤
시력이 침침해지고
청각이 점점 맑아지면서
에헤야 은하수 뱃노래
굵직한 첼로 독주와
쿵쾅대는 엄마 심장 뛰는 소리에
다소곳이 귀 기울이는 자궁 속
눈이 생선 같은 태아의
평화를 위하여
먹물 같은 하늘에 몸을 맡기고
베토벤 9번 심포니에서
성미 급한 바리톤이 벌컥
소리치는 밤

큰창자

대장암이 무서워서
대장경 검사를 받았지
청계천 순대국집 가마솥에서 살다가
해부학 교과서로 옮겨 온
포유동물 펄펄 뛰는 내 내장을
샅샅이 살펴보았지 차가운 검사대에 누워
어디나 내 큰창자는 동굴, 동굴, 동굴
앞길을 가로막는 암흑의 문 투성이
막대기 모양 원시인들이 와~~ !! 고함치며
짤막한 창으로 사슴을 공격하는 벽화도 보았어
우리 소화기 입에서 항문까지는 긴 관管이다
큰창자는 클라리넷처럼 곧게 뚫리지 않고
프렌치혼(French Horn) 식으로 통통하게
샛노란 금관이 돌돌 말린 금관악기다
화려한 취주악 은은히 들려오네
음정마다 애써 감정을 주입하는 연주법
갈비찜과 낙지볶음과 미역국과 우주의 정기가
힘껏 얼싸안고 엎치락뒤치락하던 내 큰창자는
헛헛한 시공이었어 어디까지나

춤추는 층계

집 층계를 오르다가
층계가 에스컬레이터처럼
울, 울, 울, 울
위로, 위쪽으로 올라가는 걸 봤다
으흐 층계가 살아 있구나
도마뱀만큼 원기 왕성하게 말이지
옛날에는 층계가 육중한 무생물이었는데
설악산 깊은 산골에서 깜박
길을 잃어버리자 하늘에서 새하얀
물줄기 룰루랄라 노래하며 아래로 떨어져
야생 토끼만큼 혼비백산이 되어
지 갈 길을 찾아가는구나 했는데
아까 집 층계를 오르는데 층계가 저 혼자 흥에 겨워
궁둥이를 야하게 흔들면서 냅다 춤을 추더라니까
처용처럼, 내가 전에 얼핏 본
처용처럼 말이지

이상한 의자

내 등을 제대로
잘 받쳐주는 의자
딱딱한 등받이 윗부분 양쪽에
뜨뜻한 살집이 솟아 있다 봉긋하게
바람결 덩굴장미 줄기 옆구리 불거져
꽃봉오리 펑펑 터지는 식으로
의자에서 날개 한 쌍 스르르 돋아난다
여태 살아 있었구나

새 가구 배달되는 날
현관문이 활짝 열리는 순간
기다렸다는 듯 의자는 후닥닥 날아간다
성질이 보통 더러운 게 아니야
구름 너머 지구 위 으스름한 창공으로
인공위성보다 더 유유하게 날개를 접고
빙글빙글 돌면서 날아가는 의자
지아무리 찬 바람이 불어 닥쳐도
눈도 깜짝하지 않으면서

혀끝

겨울바람에 뺨이 빨갛게 익은 채
안경 쓴 여자가 눈을 깜박인다

책갈피에 찡겨 있는
꽃이 뜨거워지자 금방 불이 난다
책이 그 자리에서 몽땅 다 타버렸다

혀끝을 아랫니 윗니 사이에 넣고 꽉 깨문다 그렇게 심하
게 아프게 혀를 깨물면 자각심 경각심 튼튼한 경계심으로
내 인생을 채찍질하는 생각들이 판을 친다 판을 치면서 뺨
을 찰싹찰싹 때리기도 한다 나는 큰 명분도 없이 가슴을 쾅
쾅 두드린다 800파운드짜리 털북숭이 눈 흰자위가 왈칵 뒤
집히도록 골이 난 고릴라처럼 벌떡 일어서서

지독한 에코(echo)

뚜껑을 드르륵 열고 항아리
속을 들여다보면 고개를 푹 박고
들여다보면 내 사랑을 둥그렇게 구획하는
경계 안에 어떤 컴컴한 내막이
아우성을 치는 듯한 아이구 그런
무시무시한 에코가 얼굴을 때리는 거다
얼굴 뿐만 아니고 정신마저 얼얼해지고
기차가 기적을 울리면서 금방 지나간 것처럼
귀가 멍멍해지는 에코
지구가 암흑 속에서 몸을 꿈틀대는
격렬한 동작 값싼 교훈 같은 따위를 들먹이는
고대소설의 권선징악
마음 착한 남녀가 막판까지
살아 남는 사연 또 있다 시인들은
너나 나나 다 아름답다는 망상 등등
하여튼 간에 빈 항아리 속 거창한
에코 때문에 지성이고 쥐뿔이고
아무짝에도 소용 없다 하는 아늑한 이기심이 솟는 거다
아무 것도 없는 줄 뻔히 알면서도
항아리 속을 곰곰이 들여다보다가

스캣 송*

출근이 늦어지네
베어마운틴 파크웨이를 가면서
재즈를 듣는다 시멘트 트럭이 내 앞에서 가다가
길이 와이자로 갈리는 데서 왼쪽으로 빠지는구나
야블리 다터 뎃 뎃 두버두버 두와두와~
야블리 다터 뎃 뎃 두버두버 두와두와~
벙어리 노릇 하려고 나 미국에 왔나 남이
알면 욕한다 우리들끼리 말이지만
난 쿵짝! 쿵짝보다 치커붐**! 치커붐이 더
좋은 걸 어쩌지 미안해 진짜 미안해도 할 수
없어 출근이 늦은 만큼
퇴근도 늦어지려나
꺼칠한 산마루에 땅거미 질 무렵 또
저런 스캣송에 심취하여 심각한
무의미의 의미에서 헤어나지 못하려나
내 시야를 완전히 가로막고 거북이 시속
15마일로 파크웨이를 기어가는 시멘트 트럭이 요새
저녁이면 저녁마다 그리워진다고 말하면 당신이
이잉~ 하며 모종의 반감을 느낄 거냐 말이지

디기디기디기디기 디기디기디기디기 덧치~ 덧치~
디기디기디기디기 디기디기디기디기 덧치~ 덧치~

* scat song: 가사 대신에 의미 없는 음절을 부르는 재즈 창법
** chika boom: 우리말의 '쿵짝!'에 해당하는 영어 의성어

이중창

죄인이로소이다 죄인이로소이다 당신도 나도 당신 남동
생도 제주도에서 사는 내 대학동기의 와이프도 조지 부시도
노무현도 다 죄인이로소이다 우리는 왜 죄를 짓나 마음으로
간음하는 것 만으로 양이 차지 않아 기어이 벌건 대낮에 간
통을 하나 꿈과 현실을 간도 안 맞추고 왕창 비벼 먹나

응당 죄인은 벌을 받아야지 엄격한 간수의 살벌한 감시
하에 감옥살이를 해야지 낙엽 지는 가을 대낮에 자지러지
게 벌 받는 쾌감 봄밤에 내뿜는 안도의 한숨 우리는 왜 남
몰래 기뻐하나 쿵짝이 잘 맞는 육체와 영혼이 무릎을 한쪽
씩 알맞게 꺾고 와와 와우와 울부짖나

피아노 치는 여자*에게

피아노는 늘
육체를 다스리는 풍습에 젖는다
열 손가락으로 꽝! 꽝! 두들기는
말초신경의 뻔뻔함으로
육체를 거부하는 생리를 잘 알고 있는
피아노 치는 여자는

검정 속옷과 스타킹
어지러운 손가락 놀림
발 밑에 눌리는 소프트 페달만으로
피아노는 충분히 남자의 함정이다
피아노 치는 여자 목 아래로 푹 파여 있는
아늑한 함정이다

육체는 육체끼리 영혼은 영혼끼리
따로 떨어진 연습실에서 음계연습을 한다
머리를 잘 빗지 않는 남자를
자신에게 단단하게 묶어 두기 위하여
오늘도 밤늦도록 피아노 치는 여자여

이룰 수 없는 사랑,
저 싱싱한 페미니즘이 붉은 피를 흘릴 때
슬며시 고개를 드는 휴머니즘을 위하여
나를 때려다오, 피아노 치는 여자여
여지없이 나를 발로 짓눌러 다오
새까만 그랜드피아노 소프트 페달처럼

* 피아노 치는 여자 – 2004년 노벨문학상을 받은 엘프리데 옐리네크의 대
  표작 소설 제목

트럼펫의 논리

　트럼펫 피스톤 세 개가 달가닥거린다 기차 바퀴에 철제 스프링이 수평으로 밀린다 트럼펫 마우스피스에 비밥 (bebop) 재즈 주자의 입술 세포가 묻어 있다 기차가 배~엑 기적을 울린다 기차가 달리는 소리 칙칙폭폭 하는 리듬이 태아의 심장박동과 일치한다고 당신은 바락바락 우긴다 치기직청청 치기직청청 트럼펫 멜로디를 뒷받침하는 드럼 리듬이 단조롭다 예기치 못한 순간에 기차가 끼~익 브레이크를 밟자 꼬리가 둘씩 달린 32분음표들이 공중으로 푸드득 툭툭 활개치며 도망간다 트럼펫 피스톤 세 개가 동시에 밑으로 내려오고 세 손가락에 얼이 쑥 빠지면서 당신의 시론詩論이 왕창 무너진다

플루트 소리를 손으로 만지다

지휘자가 지휘봉을 들고 무대에 뚜벅뚜벅 걸어 나오자
날렵한 손가락들이 청중을 충동질하는 장면이 툭 끊어진다
강변을 못살게 구는 겨울바람 소리도 졸지에 사라진다

앞가슴이 깊이 패인 연주복을 입은 덩치가 작은 여자가
플루트 독주를 한다 여자 머리와 어깨가 심하게 흔들린다
겨울강물처럼 흐르는 오케스트라를 일부러 무시하고 플루
트 소리에만 온 신경을 집중한다 여자 얼굴이 크게 확대되
면서 배경으로 희미한 들판이며 실개천이 보인다 나는 여
자 얼굴에 내 시선을 못박는다 끝내 소리로만 남는 여자 얼
굴

눈시린 플루트 소리가 겨울 구름처럼 손에 잡힌다 내 손
바닥을 간질이는 플루트 소리 비단결 음정 하나하나가 올
챙이들이 양지쪽을 향하여 재빠르게 헤엄치는 동작으로 손
가락 사이를 빠져나간다

색소폰 부는 바다

바다가 하는 노래는 사실 좀 그렇다
박자만 대강 맞고 음정이 엉망진창이야
나와 친한 사이니까 좋지도 않은
노래를 꾹 참고 들어주는 거지 엊그제
잠결에 바다는 현악기가 아니라 거죽이
번들번들한 관악기라는 느낌이 들었어
바다가 색소폰을 분다
악기 옆구리로 바람이 새어 나오네 침도
질질 흘러나온다 물거품처럼
잠결에 보름달이 솨아
오줌 누는 소리를 들었다
화장실 유리창으로 스며든
달빛을 맨정신으로 빨아들이면서
고장난 변기가 한숨을 푹푹 쉬더라
바다가 횡격막을 들썩이는구나
뺨이 통통한 보름달이 눈을 질끈 감고
코를 고는 밤에 호흡조절도 제대로 못하면서
바다가 색소폰을 분다 붕붕

두 개의 색소폰을 위한 주제와 변주곡

악기 편성이 소프라노색소폰 테너색소폰
피아노 베이스기타 드럼으로 5인조
주제 멜로디는 푸른 하늘 은하수 단순하게
소프라노가 리드한다
테너와 베이스는 오로지 조용한 화음 넣기
절대로 미리부터 흥분하지 않는 피아노
주제의 끝 부분에서 드럼이 치지지익!
치를 떤다 스윙 리듬의 민망스러운 낌새
곧 악기들은 개성이 사라진다 춤 출 때
남녀 몸매 차이가 사라지듯 흐치! 흐치!
흐치! 흐치! 규칙적인 장단 배후에
애절한 피아노 코드(chord) 시시각각
언성을 높이는 드럼 이윽고
피아노 블루스 스케일이 띠리리링! 깔리고 나서
테너가 한 발 앞으로 나선다
대뜸 처음부터 높은 음정을 취하는 테너
체면이 땅에 떨어져도 괜찮다는 데야
당신도 어쩔 수 없지 음산하게 낮은
소리 소프라노는 목하 몸을 푸는 중

돛대도 아니 달고 삿대도 없이
서쪽을 향하는 우리네 숙명 칫치이! 칫!
칫치이! 칫! 스네어 드럼을
마찰하는 쇠 브러시 서러움도 한순간이다
돌아가자 스윙으로 돌아가자 후두두둑! 턱턱! 칭!~
뒤범벅으로 엉키는 탐탐과 하이햇과 심벌
가기도 잘도 간다 서쪽 나라로 흐치! 흐치!
우리는 한 자리에 다만 죽은 듯 서 있고
은하수가 흐를 뿐 스윙 리듬으로 출렁이며

밖에서 부는 바람

완전4도는 허전한 음역이다 타임스퀘어 연말 카운트다운 끝에 자정이 찰카닥 넘어가고 새해가 열리는 순간 남녀가 키스할 때 울려오는 '얼드 랭 자인'의 시작 부분 '쏠~ 도도 도' 하며 올라가는 완전4도도 그렇고 유행가 피아노 반주에서 위에서 밑으로 '도 쏠 도 쏠' 하며 뜨거운 시간의 발등으로 떨어지는 완전4도도 마찬가지다

테너색소폰 밑 둥지에 구멍 몇 개를 덮는 장치를 양쪽 손가락으로 단단히 누르고 횡격막 힘으로 붕, 붕 완전4도 소리를 내는 동안 만큼은 완전4도가 허전하게 들리지 않는다 그럴 때 완전4도는 밖에서 부는 바람 소리나 다름 없다

완전4도 음역은 자연의 소리다 햇살이 나뭇잎을 달래는 소리 바람이 파도를 부추기는 소리 꽃잎이 땅으로 떨어지는 소리 남녀의 속 생각이 단단한 시간 밖으로 빠져 나가는 소리가 다 완전4도다 한 번 들어 봐 붕, 붕 테너색소폰 소리의 완전4도 음역을

빨강머리 글로리아

빨강머리 글로리아가
서른 중반에 이혼하고 마흔 좀 넘어서
수면발작(narcolepsy) 증세가 오기 시작한 거야
나이 많은 애인과 얘기를 하다가
슈퍼마켓 계산대 앞에서
혹은 혼자 길을 걷다가 느닷없이
잠에 빠지는 병
평화롭게 숙면하는 고운 잠이 아니고
불시에 전신근육이 마비되면서
순식간에 잠의 수렁에서 헤어나지 못하는 증세

지난 주에는 상담 도중에 이혼한 딸 얘기를 하다가
끙! 하며 이상한 소리를 내며 짧게
한숨을 쉬는구나 싶었는데
갑자기 고개를 옆으로 툭! 꺾는 거야
원작자의 사랑을 받지 못해
스토리 도중에 죽는 여자가 영화에서
고개를 옆으로 꺾듯이 말이지
글로리아, 글로리아 불러 봐도 대답 없이

귀밑머리에 짙은 안개만 흐르는 오십대 초반
그 여자는 삼 분쯤 지나 눈을 쓱 뜨는 거야
폭포수 눈물 속 삶과 죽음 사이
감옥에서 풀려나 엉엉 우는 빨강머리 글로리아
내 앞에서 급작스레 잠이 들어 무안하고
내가 자기 이름을 자꾸 불렀을 때
너무나 응답을 하고 싶었지만
영 입을 열 수 없어서 슬펐다며
엉망진창으로 코를 훌쩍이는 글로리아

월터 아버지

19세기 중엽 아일랜드를 감자기근이 휩쓸고 간 얼마 후 월터 아버지는 세상 무서울 것 하나 없는 열 아홉 살 청춘에 조국을 저버리고 미국으로 이민 온다.

월터 아버지는 몇 년 지나 뉴욕시 전차 운전수로 운 좋게 취직이 되고 몸매 늘씬한 아이리쉬 극장주인 딸과 결혼하여 자식 여덟을 두는데 그 중 넷은 일차세계대전 직후 유행성 독감으로 죽고 월터를 포함해서 넷만 살아 남는다.

당시 뉴욕시에 전차가 없어지면서 버스가 처음 생길 무렵이라 전차 운전수들은 너도 나도 버스 운전수 자격증을 따는 일이 급선무. 월터 아버지는 대망의 버스 운전 실기시험을 며칠 앞두고 쉰 일곱 살에 당뇨병 합병증으로 세상을 떠난다. 그때 월터 나이 열 넷.

근래에 항우울제를 복용 중인 여든 두 살의 월터는 이른 아침 현관에서 노란 금테가 번쩍이는 전차 운전수 모자를 눌러 쓰고 조금씩 침을 뱉어 가며 구두를 반질반질하게 닦는 아버지를 그리워 한다. 추운 겨울저녁이면 코밑 황제수염에 송알송알 서리가 맺히는 월터 아버지가 나도 그립다.

테리 집안의 여자들

커다란 푸른 눈이 시원한 테리는 39살의 백인 이혼녀로서 술을 끊은 지 14년 째. 그녀는 15살 난 저능아 둘째 딸과 같이 살면서 사방팔방 가정부로 일해 번 돈으로 일제 차를 몰고 다닌다. 17살의 첫딸 머리 좋은 메리는 학교를 관두고 마약 딜러와 동거하면서 밤이면 밤마다 코케인을 하고 엄마를 찾아와 고래고래 소리치며 행패를 부린다. 테리가 경찰에 고발하여 보호영장을 받은 후로는 집 근처에 얼씬도 안 한다. 테리는 메리가 전화를 걸면 전화를 끊는다. 메리는 가끔 엄마가 집에 없을 때만 전화를 걸어 메시지를 남긴다.

72살의 테리 어머니가 차로 15분 거리에 혼자 사는데 그녀는 40년 전부터 지금까지 줄곧 술집에서만 일을 해 온 고주망태 술꾼. 테리는 어머니와도 소식을 끊고 지낸다. 어머니에게서 전화가 오면 수화기를 내려 놓는다. 근래에 마음이 약해져서 간혹 짤막한 용건을 주고 받기도 한다. 어느날 밤 메리가 "나는 지금 임신 5개월입니다. 당신은 내 엄마니까 내가 임신했다는 것을 알아야 할 법적인 의무가 있어요. 애가 딸이라 합니다." 라는 메시지를 남긴다. 테리는 곧 메리에게 전화를 걸어, "니가 애를 낳는다 해도 나는 절대로

니 애를 키워 주지 않겠다.” 라고 잘라 말한다. 한 시간 후에 테리 어머니에게서 전화가 온다. 어머니는 메리가 애를 낳으면 자기가 키워 준다는 약속을 했다고 혀 꼬부라진 소리로 선언한다. 테리는, “당신처럼 정신이 오락가락 하는 미친 술주정뱅이에게 절대로 내 손녀를 맡길 수 없어요. 나는 무슨 일이 있어도 법정에 가서 법대로 싸워서 애를 고아원으로 보내겠습니다.” 라고 사랑을 속삭이듯 말한다. 커다란 푸른 눈이 시원한 테리는 며칠 밤을 지새운 후 정신과의사에게서 수면제를 처방 받아 잠을 잘만 잔다. 태어나지도 않은 손녀의 장래를 걱정하느니 잠이나 푹 자고 다음 날 남들 집안 청소를 열심히 해주기 위하여.

제이에 대한 진단소견

케네디 대통령이 암살 당했을 때 제이는 젊은 나이에 역사의식도 국가의식도 없었다 제이는 감회가 새롭다 한 국가의 대통령도 너무 똑똑하면 제 명에 못 죽지 예순 살 독신남 백인 제이는 지난 4년간 뉴욕지역을 돌아다니며 자기가 몰고 다니는 낡은 승용차 안에서 살다가 지난 겨울 혹한을 견디지 못해 뉴욕 북부 한적한 병원 응급실에 출두하여 자살을 하겠노라고 심각하게 우긴 후 정신과 병동에서 2주 동안 지내고 요새는 부랑자 수용소에 투숙하고 있다

제이 아버지는 15살에 벨지움에서 혼자 배 타고 이민 와서 맨해튼에서 무지막지하게 성공한 보석공 제이 할아버지는 벨지움에서 내노라 하는 뇌수술 전문 외과의사 제이 어머니는 일찍이 장출혈로 죽은 요염한 술꾼 세 살 터울 금발의 여동생은 근력 좋은 흑인 정신분열증환자와 결혼해서 정부 보조금으로 큰 탈 없이 살아간다

제이의 주증상은 본인의 진술 그대로 외롭고 불안하다는 것이고 다른 증상은 집 없는 떠돌이라는 것 제이는 내게서 절대로 큼직한 정신과 병명이 아닌 불특정 성격장애라는 진단을 받았다

■ 시인의 꿈과 길

부서지는 소리

1. 현실을 도피하는 힘

제이(Jay)는 꼬박꼬박 한 달에 한 번씩 금요일 아침 열시에 나를 마주한다. 그는 비록 부랑자 수용소에서 살지만 정신이 놀라리만치 멀쩡하다. 그의 유일한 낙이라고는 미국이 타락하고 있다는 자기의 예감을 내게 열심히 피력하는 데 있다. 나 또한 미국이 허물어지고 있다는 사실을 통감한다.

지난 백년에 걸쳐서 가장 심했다던 폭우가 내리고 뉴욕과 뉴저지 사방에서 물난리가 난 지 보름쯤 지난 오늘 벌겋게 상기된 얼굴에 불룩 튀어나온 올챙이배를 감추지 않은 채 제이는 내 앞에서 흥분하고 있다.

케네디 대통령이 암살 당했을 때 제이는 젊은 나이에 역사의식도 국가의식도 없었다 제이는 감회가 새롭다 한 국가의 대통령도 너무 똑똑하면 제 명에 못 죽지 예순 살 독신남 백인 제이는 지난 4년간 뉴욕지역을 돌아다니며 자기가 몰고 다니는 낡은 승용차 안에서 살다가 지난 겨울 혹한을 견디지

못해 뉴욕 북부 한적한 병원 응급실에 출두하여 자살을 하겠
노라고 심각하게 우긴 후 정신과 병동에서 2주 동안 지내고
요새는 부랑자 수용소에 투숙하고 있다

　제이 아버지는 15살에 벨지움에서 혼자 배 타고 이민 와서
맨해튼에서 무지막지하게 성공한 보석공 제이 할아버지는 벨
지움에서 내노라 하는 뇌수술 전문 외과의사 제이 어머니는
일찍이 장출혈로 죽은 요염한 술꾼 세 살 터울 금발의 여동생
은 근력 좋은 흑인 정신분열증환자와 결혼해서 정부 보조금
으로 큰 탈 없이 살아간다

　제이의 주증상은 본인의 진술 그대로 외롭고 불안하다는
것이고 다른 증상은 집 없는 떠돌이라는 것 제이는 내게서 절
대로 큼직한 정신과 병명이 아닌 불특정 성격장애라는 진단
을 받았다

―「제이에 관한 진단소견」 전문

　제이가 지난 수요일 4월 25일 뉴욕타임즈에 난 기사에
대하여 말하기 시작한다. 나와 제이 사이를 가로막는 컴퓨
터 모니터에 얼른 인터넷을 띄워 올리고 나는 뉴욕타임즈
기사를 본다. 지구에서 20.5광년 떨어진 곳에 지구와 많이
닮은 행성을 유럽 천문학자들이 발견했다는 소식이다. 이
곳에는 물이 있다는 추리가 가능하고 따라서 생명체가 있
을 것이라는 결론이 나온다. 바늘 가는 곳에 실 가듯이 물

이 있으면 생명이 탄생하는 법. 제이는 전혀 미친 사람이 아니기 때문에 어떤 때는 현실감각이 나보다 훨씬 더 정확하다.

그 행성은 지름이 지구의 3배. 기후도 지구와 비슷하단다. 마침 또 편의상 그곳을 '수퍼지구'라 명명했다 한다.

제이는 줄곧 말한다. 나는 잠자코 듣기만 하다가 가끔씩 그를 부추긴다. 추측컨대 미국의 돈 많은 재벌들이 여럿 모여서 수퍼지구에 가는 우주선을 주선할 것이다. 빛의 속도로 달리는 우주선이 몇 달 만에 완성되고 이내 큰 주식회사가 생기면서 수퍼지구 관광객을 모집하는 광고가 뉴욕타임즈에 연일 게재된다. 크레딧카드로 여행비 전액을 지불하는 것이 물론 가능하다. 그때 제이는 나와 함께 수퍼지구에 가잔다.

나도 슬그머니 제이의 상상에 말려든다. 우리 둘 다 큰 병이 없는 건강이니까 혹시 잘하면 앞으로 20년 정도 더 살 수 있을지도 모릅니다. 어때요. 같이 갑시다. 같이 가서 그곳 사람도 만나보고 합시다. 그래요. 혹시 그들이 정신과의사를 필요로 한다면 거기에서 개업을 할 수도 있겠지요. 그런데 만약 그곳에 사람은 없고 곤충들만 득실거린다면 어쩌지요. 그 순간 우리는 동시에 웃었다.

제이는 쇠락하는 미국에서 노년을 보내느니 차라리 수퍼 지구에 가서 엄벙덤벙 살고 싶은 것이다. 나도 그러고 싶다. 사방이 수정처럼 투명한 플라스틱으로 제조된 우주선에서 캄캄한 배경에 싸락눈 같은 별들이 명멸하는 빛, 그 먼 빛의 신비에 매혹되어 20.5년 동안 간간 어린애처럼 전신을 부르르 떨며 기뻐할 수도 있지 않을까.

30분 정도의 아까운 시간이 흐르고 제이는 습관적으로 의자에서 일어나서 현실로 돌아갈 채비를 차린다. 나는 제이에게 좀 미안하다는 생각이 든다. 이윽고 제이가 내게 말한다. "몇 년 만에 처음으로 많이 즐거웠습니다. 내게 동조하면서 상상의 날개를 펼쳐 줘서 고맙기 짝이 없습니다. 나는 오늘 한 10분 정도 내 현실을 도피해서 다른 세상에 갔다 왔습니다. 나나 당신이나 현실을 떠나는 상상 속에서 어떤 희한한 꿈이 잠시 실현되는 재미로 살아가는 것이 아닐까요."

2. 소리시詩

시와 음악을 혼동하는 재미에 시를 쓴다는 생각을 자주 한다. 음악은 멜로디와 비트와 화음을 위주로 하기 때문에 가곡이나 가요를 제외하고는 시시콜콜한 언어의 개입을 필요로 하지 않는다. 내가 시에서 추구하는 것은 비언어적非言語的인 요소인지도 모르겠다. 과장해서 말하자면 '문자'

의 의미와 무관한 '소리'의 세계가 내 궁극적인 관심사인
것 같다.

　자연의 소리는 고전적이고 오묘하고 신기하다. 그러나
악사들의 의도와 본능이 듬뿍 담긴 연주에서 나오는 소리
는 더더욱 절묘하다. 끽해야 다섯 손가락 안쪽의 몇몇 재즈
악사들이 거의 즉흥적으로 연주하는 저 재즈 연주를 들어
보라. 그리고 인간의 목소리를 완전히 악기로 취급하는 스
캣싱어(scat singer)가 그들의 연주에 합세하는 광경을 상
상해 보라.

　　　출근이 늦어지네
　　　베어마운틴 파크웨이를 가면서
　　　재즈를 듣는다 시멘트 트럭이 내 앞에서 가다가
　　　길이 와이자로 갈리는 데서 왼쪽으로 빠지는구나
　　　야블리 다터 뎃 뎃 두버두버 두와두와~
　　　야블리 다터 뎃 뎃 두버두버 두와두와~
　　　벙어리 노릇 하려고 나 미국에 왔나 남이
　　　알면 욕한다 우리들끼리 말이지만
　　　난 쿵짝! 쿵짝보다 치커붐! 치커붐이 더
　　　좋은 걸 어쩌지 미안해 진짜 미안해도 할 수
　　　없어 출근이 늦은 만큼
　　　퇴근도 늦어지려나
　　　꺼칠한 산마루에 땅거미 질 무렵 또

저런 스캣송에 심취하여 심각한

무의미의 의미에서 헤어나지 못 하려나

내 시야를 완전히 가로 막고 거북이 시속

15마일로 파크웨이를 기어가는 시멘트 트럭이 요새

저녁이면 저녁마다 그리워진다고 말하면 당신이

이잉~ 하며 모종의 반감을 느낄 거냐 말이지

디기디기디기디기 디기디기디기디기 덧치~ 덧치~

디기디기디기디기 디기디기디기디기 덧치~ 덧치~

–「스캣송」 전문

우리의 유능한 스캣싱어는 언어의 의미보다 무의미한 소리가 자아내는 감흥과 멜로디의 진행과 비트에만 관심이 있을 뿐이다. 이 상태는 이를테면 전쟁이나 사랑이나 시가 언어의 등 뒤에 비겁하게 숨지 않고 가장 떳떳하고 본질적인 자세로 전쟁과 사랑과 시작행위에 몰입하는 경지와 비슷할 것이다. 스캣싱어는 애오라지 소리에만 관심이 있을 뿐 가사가 주는 의미는 별로 안중에 없다.

우리의 시작행위는 번거로운 변명이나 교묘한 평론이 탄생하기 훨씬 이전상태에서 이루어진다고 우겨도 무방하리라. 어릴 적에 옆집에서 무당이 밤새도록 굿을 한 적이 있다. 무당이 내뱉던 주술의 의미를 전혀 이해하지 못했지만 그 끊임없는 꽹과리 소리에 뒤범벅이 되던 무녀의 리드미컬한 언성이 내게 엄청난 감동을 불러일으켰던 것이다. 이

것은 우리가 강아지에게 이런저런 얘기를 할 때 강아지가
고개를 갸우뚱하면서 우리의 말귀를 대충 알아듣는 것이나
크게 다르지 않다. 이렇듯, 우리의 귀가 트이지 않는다면
재즈를 감상하거나 연주하거나 시를 읽거나 쓰는 행동이
일종의 노동으로 전락돼 버릴 것이다.

시도 삶도 즐겁게 쓰고 살고 싶다고 약간 경박한 어조로
당신에게 말해 주면 어떨까. 절창을 하기보다는 콧노래를
부르고 싶을 때가 훨씬 많다고 말해도 괜찮지 않을까. 꽃도
바람도 가녀린 풀잎도 오뉴월 우람찬 떡두꺼비도 하다못해
당신의 시론도 나는 가벼운 시선으로 보고 싶다. 이것은 내
성격이 엄숙하고 거창하지 못하고 스스로 부끄러워하는 기
질에서 오는 말인지도, 사사건건 짭짤하지 못하고 마냥 싱
겁기만 한 미국적 성향에서 하는 말인지도 모르겠다. 이점
어쩔 수 없이 미안하다.

내 죽는 날까지 하늘을 우러러 평생 진 죄 때문에 낮이
뜨겁더라도 일생을 후회 없이 살았노라고 느낄 수 있다면.
자유시의 테두리를 애써 지키면서도 상상의 자유를 마음껏
만끽했노라고 표정이 습관적으로 굳어 있는 시인들에게 서
슴없이 말할 수 있다면. 텍스트의 관료적인 의미 이전에 내
태아시절 아늑한 자궁 속 비언어非言語의 가락과 장단이 참
좋았었다고 설파할 수 있다면.

3. 부서지는 것들을 위하여

아담과 이브가 탐스런 사과를 따먹은 죄로 신의 벌을 받아 에덴의 동산에서 쫓겨났다 한다. 반면에, 뉴턴은 사과가 땅으로 떨어지는 장면에서 힌트를 얻어 중력현상을 발견하고 나중에는 만유인력까지 찾아냈다. 창세기 시절이나 지금이나 똑같은 사과를 놓고 인류가 살아가는 동안 이런 엄청난 변화가 일어난 것이다.

뉴턴의 치명적인 실책은 전 우주의 삼라만상을 절대적인 신이 맡아 주관한다고 믿었던 데 있었다. 그는 에너지 불변의 법칙을 신의 의도로 착각했던 것이다. 조석으로 마음이 변하고 달라지는 당신과 나에게 절대적이라는 말은 얼마나 눈물겨운 위안인가.

아인슈타인이 상대성 원리를 내세우면서부터 뉴턴의 절대적 우주의 섭리가 부서지기 시작했다. 그 절대성은 바로 이 순간에도 부서지고 있을 것이다. 삶이 죽음을 전제로 하듯 생성은 소멸을 내포한다. 온 우주 삼라만상 중에 영원한 것은 하나도 없다. 제행무상諸行無常이다.

꽃도 생화生花는 곧 시들고 조화造花가 상대적으로 영원히 있는 그대로 있을 뿐이다. 다시 말해서 영원한 것은 가짜다. 만약에 영원한 신이 있다면 그 신 또한 가짜 신일 것이다.

시에 있어서 내 시나 남의 시가 좋은 시 혹은 나쁜 시라는 판단을 내리기가 몹시 꺼려진다. 그 판별이란 거의 불가능한 일이다. 그 대신 내 취향에 맞는 시, 나와는 전혀 느낌이나 사고방식을 달리하는 사람이 쓴 시 같은 정도는 쉽사리 분별할 수 있다고 자부하는 터이다.

더 솔직히 말하자면 나는 좋은 시와 나쁜 시에 대한 절대적인 평가기준이 있어서는 안 된다고 우길 생각이다. 남들이 다 좋다고 입에 거품을 무는 시가 전혀 마음에 들지 않을 때가 많고 아무리 무명시인이 쓴 시라 할지라도 내게는 너무나 큰 감동을 주는 경우가 허다하다. 게다가 수 년 전에 좋았던 시가 이제 와서 다시 읽으면 시시하게 보인 적은 또 얼마나 많은가. 아무래도 나는 변덕쟁이인지도 모르겠다. 혹시 당신 또한 나 같은 변덕쟁이가 아닐는지.

　　부서진다
　　내가 신임하는 비서도
　　이리저리 마음이 안 놓이는 대학동창도
　　나와 띠 동갑 닭띠, 발걸음이 느리신 것 말고
　　건강 어디 하나 나무랄 데 없으신
　　분당 동생 집 5분 안팎에 사시는 아버지도
　　내가 제대로 파악하지 못한

지난 금요일 아침 환자도 나도
부서진다 기어이 다 부서진다
좋은 시도 나쁜 시도 잘 쓴 시도 못 쓴 시도
시 같은 시도 시 같지 않은 시도 모조리 부서진다
아직 부서지지 않은 시도 좀 있으면 부서진다
내가 도통 싫어하는 사람도 좀 괜찮아 하는 사람도
부서진다 한결같이 부서진다 그렇지만
눈 흰자위 백옥처럼 푸르스름한 당신만은
하늘이 두 조각이 나더라도 예외로
삼겠으니 그리 아시도록

–「부서지는 것들」 전문

유행에 대하여 생각해 봤다. 당신의 치마 길이처럼, 헤어스타일처럼 시도 유행의 테두리를 벗어나지 못한다는 느낌이 들었다. 유행은 은하계의 흐름마냥 우리가 알 수 없는 방향으로 끊임없이 가고 있다.

사람이 인류의 집단의식을 탈피할 수 없을 것이다. 게다가 글쟁이들이란 얼마나 서로의 추세와 경향에 예민한 부류인가. 곰곰이 생각해 보면 시의 스타일이나 의사들의 처방전도 다 끼리끼리 유행에 편승하는 의식의 흐름일 뿐이다. 우리는 이런 식으로 유유히 흘러갈 것이다. 그리고 줄곧 변덕을 부릴 것이다.

그러나 그 와중에도 나는 애써 당신에게 영원성을 부여할 작정이다. '그렇지만 눈 흰자위 백옥처럼 푸르스름한 당신만은 예외로 삼겠'다는 내 격렬한 결심과 각오는 어디에서 왔는가. 나 혼자만의 생각이라는 말인가. 당신의 의도였는가.

1945년 양력 6월 5일 서울 효자동에서 부친 서영갑徐英甲 모친 석정수石貞洙 사이의 2남4녀 중 장남으로 출생. 부친은 경성제국대학 토목과 출신이시다. 한 살 터울 누이동생 서정슬徐晶瑟은 현재 국내에서 선천성뇌성마비 장애인 동시시인으로 활동이 왕성하다.

1950년 육이오사변 발발. 부친이 청량리 철도관사에서 살 때다. 저녁이면 언덕에 올라 청량리역 주변에 샛별 같은 조명탄이 날아다니던 광경을 재미있게 바라보던 기억이 난다. 초등학교를 도합 다섯 군데를 다녔는데 부친이 낙동강철교 보수공사를 맡았기 때문에 경상도에서만 일 년 사이에 기장, 왜관, 구포, 세 군데를 옮겨 다녔다. 어디인지 기억이 분명치 않지만 한 번은 1학년부터 6학년까지 전교생 12명이 천막 안에서 쌀가마니 깔고 같이 공부를 한 적이 있었다. 그때 경상도 토박이 애들이 "서울내기 다마내기 맛 좋은 고래고기"라고 놀려댔다.

1954년 광주 서석초등학교에 2학년으로 전학 갔다. 특별활동 시간에 문예반, 음악반, 미술반 세 군데를 정신없이 다녔다. 외람된 말이지만 머리가 좋다는 이유로 2학년에서 3학년을 빼먹고 4학년으로 월반했다. 문예반보다 미술반에서 상을 많이 받았다. 당시 4학년 때 문정희文貞姬 시인이 1학년짜리로 문예반에 들어왔다. 그때는 어린 나이에 서로 거들떠보지도 못하다가 나중에 둘 다 마흔 중반을 넘어 미국에서

만나 어찌어찌하다가 서로를 기억하고 기절초풍을
한다.

1956년 부친이 전남대학에서 충남대학으로 전근을 하시는
바람에 5학년 1학기에 대전으로 가족이 이사를 간
다. 대전 대흥초등학교를 다니는 동안 이번에는 전
라도 사투리를 쓴다는 이유로 많은 놀림을 받았다.
지금 생각해도 억울하다. 2년 후에 대전중학교에
입학했다.

1958년 부친이 충남대학에서 서울 한양대학으로 전근을 가
셨는데 그때 전 가족이 서울로 이사를 가면서 나 홀
로만 대전에 떨어뜨리고 갔다. 1년인가 하숙을 했
다. 그러다가 편입시험을 치고 서울 혜화동 보성중
학교 2학년에 전학했다. 대전 촌놈은 곧바로 밴드
부에 가입한다. 트럼펫은 앞니 사이가 떠서 바람이
새는 관계로 안 되고 번쩍이는 색소폰은 악기가 두
개 밖에 없어서 또 안 되고 결국 흔해빠진 클라리넷
으로 낙착된다. 당시 밴드부 불량배들은 다리에 착
달라붙는 맘보바지를 입고 설치고 다녔고 대개는
낙제를 하거나 퇴학을 당하는 실정이었다. 혼자만
하다못해 그 흔해빠진 정학도 안 받았다 해서 밴드
부에서 좀 미움을 받았다. 그러면서 문예반에도 들
락날락했다.

1962년 한양대학교 주최 전국 고등학교 음악 콩쿨에 참가
하여 기악부분에서 〈모차르트 클라리넷 협주곡〉으

로 대상을 받는다.

1963년 보성고등학교 졸업하고 서울대학교 의과대학에 입학한다. 담임선생님이 걱정을 많이 했지만 굳이 서울의대를 간 이유는 그 곳에 아마추어 오케스트라가 있었기 때문이었다. 정말이다.

1969년 서울의대를 졸업했다. 예과 2년을 매일 술 마시고 연애질 하면서 보낸 다음에 본과 1학년 때 신경해부학 교수님이 "자네 이렇게 공부를 안 하려면 도대체 의대에 왜 왔나?" 했을 때 "예, 여기에 오케스트라가 있어서 왔습니다." 했다. 1967년에 전국 대학생 음악 경연대회에 서울의대를 대표해서 베토벤의 〈클라리넷 트리오〉 작품 11번으로 참가하여 대상을 받아서 커다란 트로피를 들고 그 교수님을 찾아갔더니 "이 사람은 의사보다는 딴따라 짓을 해야겠네." 하셨다. 그 와중에도 의대문예반을 하면서 껄렁한 시를 많이 썼다.

1972년 육군 군의관으로 강원도 화천에서 비무장지대 6개월을 포함해서 〈서 중위〉, 그리고 나중에는 춘천 탱크부대에서 〈서 대위〉로 근무하고 명예로운 제대를 한다. 그때도 군인들의 건강을 돌보기보다는 날이면 날마다 술 퍼먹고 시를 쓴답시고 인상을 팍팍 쓰고 다녔다. 서울에서 태어나고 초등학교를 3남에서 다니고 군대생활을 강원도에서 보냈으니 여한이 없을 정도로 대한민국 전 지역을 다 섭렵한 셈이다.

1973년 전처 민영숙과 결혼하다. 하와이 의과대학 심장외
과에 연구조교로 1년간 근무했다. 어찌어찌 하다가
하와이 대학에서 주선한 침술鍼術연구에 몰두했다.
침의 효과를 증명하기 위하여 매일매일 수많은 환
자에게 침을 놓았다. 요통, 천식, 고혈압, 우울증,
하다못해 정신박약증 환자 팔다리에도 인정사정없
이 침을 팍팍 꽂던 시절.
1974년 침술연구를 때려치우고 뉴저지의 티넥(Teaneck)에
소재한 〈홀리 네임 병원〉(Holy Name Hospital)에
수련의(Intern) 자격으로 하와이에서 뉴져지로 태
평양을 건너온다. 3일에 한 번씩 당직을 하던 당시
한 달 월급이 360불이었다. 같은 해에 미국의사 자
격시험에 아슬아슬하게 합격한다.
1975년 코넬대학 정신과 수련의(Psychiatric Resident)에
간신히 발탁되어서 뉴욕주 화이트 플레인즈(White
Plains)로 이사한다. 옛날 중학교 시절에 할머니에
게 나중에 정신과의사가 되겠다고 말씀드린 적이
있었다. 그때 할머니가 행여 미친 사람에게 얻어맞
으면 곤란하니 차라리 소아과를 하는 것이 어떠냐
고 제언을 하셨는데 바로 그 위험천만한 정신과를
택한 것이다.
1982년 코넬대학에서 3년에 걸친 정신과 수련을 마치고 미
정신과전문의 자격시험에 턱걸이로 합격하고 같은
대학에서 정신과 조교수로 수년간 재직하고 웨스트

체스터 카운티(Westchester County) 메디컬 센터 정신과 담당의로 전근했다. 할머님이 예상했던 대로 어떤 미친놈이 나를 때리려고 했는데 날쌔게 피해서 위기를 모면한다.

1984년 전처 민영숙과 이혼하다. 당시 8살이던 딸은 에미와 살고 열 살 된 아들은 5년 동안 나와 같이 산다. 그때 싱글 페어런트(single parent)로서 그런대로 음식솜씨가 많이 늘었다.

1988년 뉴욕한국일보 신춘문예에 「대중탕 수증기」로 시부문에 당선됐다. 이때 심사위원을 하셨던 김정기(金貞起) 선생님과의 교류가 현재까지 이어지는 중.

1989년 현 라디오코리아의 〈여성사롱〉 진행자 장미선과 재혼하다. 그리고 1991년에 뉴욕시 시립병원인 〈퀸즈종합병원〉(Queen's General Hospital) 정신과의 중독학과 과장으로 임명된다. 당시 뉴욕시에 창궐하던 마약중독 특히 코케인 중독을 침술로 고치는 프로젝트를 맡아서 연구에 불철주야로 몰두했다. 마침 또 퀸즈 지역은 한인들이 많이 사는 곳이라서 점심을 인근 한국음식점에 가서 7불 내외의 런치스페셜을 즐겨 먹는다.

1994년 한국 『조선문학』에 박재삼 시인의 추천으로 등단.

1997년 〈웨스트체스터 카운티〉(Westchester County) 정신건강센터 원장으로 취임한다. 이 해에 황동규 선생님 앞에서 브람스의 〈클라리넷 소나타 2번〉을 연주할 기회가 있었다.

1998년 재미서울의대 계간신문 『시계탑』의 편집장으로 취임. 2003년까지 5년 동안을 1년에 네 번씩 선후배와 같이 뉴저지 혹은 뉴욕 한국음식점에서 만나 원고교정을 하면서 술을 나누며 한국정치 걱정이며 와이담을 한다.

2000년 미국을 소개하면서 한국인들을 위한 영어교육 웹사이트, http://www.msvoice.com을 개설했다. 비둘기는 콩밭에만 마음이 있다더니 불초소생의 시를 2년 전에 당선시켜 주신 김정기 선생님을 '가오마담'으로 해서 〈김정기의 글동네〉라는 웹사이트를 만든다. (http://meet.msvoice.com/poem)

2001년 첫 번째 시집 『만하탄 유랑극단』(문학사상사) 출간. 서문을 황동규 선생님이 쓰셨다.

2003년 두 번째 시집 『브롱스 파크웨이의 운동화』(문학사상사) 출간. 서문을 문정희가 썼다.

2005년 12월 말에 어머니 돌아가시다. 명색이 정신과의사가 정신이 쑥 빠져서 한국에 간다. 불효자식답게 어머니의 임종을 지키지 못했다. 어머니는 화장을 원하셨다. 나도 아마 장차 화장을 원할 것이다. 뉴욕 콜럼비아 대학을 졸업하고 지금 맨해튼 금융기관에서 일하면서 아직도 시집을 못간 딸년이 국제전화로 훌쩍거렸다. 코넬대학을 졸업한 후 캐나다에서 컴퓨터 프로그래머로 날뛰고 있는 아들놈 또한 나를 조심스럽게 달랜다.

2006년 6월에 〈마종기 시인과 동포 문학인들과의 만남〉이라는 연제로 맨해튼 뉴욕한국문화원 코리아갤러리에서 열린 강연회에서 사회를 봤다. 날씨가 더운 날이었는데 행사 직전 맨해튼 32가 한인타운에서 그와 함께 비빔냉면인가를 먹었다. 11월에는 그의 시집『우리는 서로 부르고 있는 것일까』시집 출판 기념 겸 우리집에서 모임이 있었다. 마종기 선생님은 얼마 후에 세 번째 시집을 위한 서문을 써 주셨다. 같은 의사출신으로 시를 쓰면서 미국에서 산다는 동류의식이 마음을 흔들었다.

2006년 12월에 누이동생 서정선의 작곡발표회에 참가했다. 비엔나에 사는 개는 벌써 몇 번을 작곡발표회를 하나. 그때마다 뻔질나게 오빠에게 나팔을 불어 달라 하지 않나. 비엔나에서 할 때도 두 번인가 가서 나팔을 불어줬는데. 이번에는 졸시「잔상」을 바리톤이 벅벅 독창을 하는데 클라리넷을 삑삑대면서 합세했다. 이때 박상순 시인의 시도 정선이가 작곡했는데 음악회가 끝나고 뒤풀이 장소에서 그와 같이 김밥을 먹는다. 서서 먹는 김밥은 늘 맛있다.

2007년 우연히 황금알 출판사 사장 김영탁 시인과 연결이 돼서 세 번째 시집을 출간하기로 합의한다. 오탁번 선생님과 국제통화를 했다. 서로 크게 할 말이 없던 참에 그가 "미국에 참 오래 사셨지요?" 하자 "네" 하면서 웃었다. 웃음 사이로 태평양 파도소리 가 끼어든다.